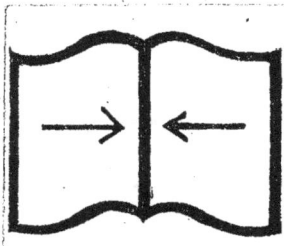

RELIURE SERREE
Absence de marges
intérieures

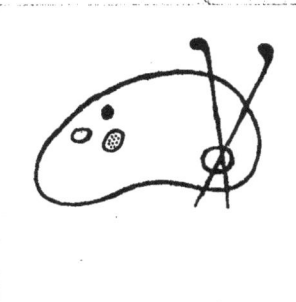

Début d'une série de documents
en couleur

VALABLE POUR TOUT OU PARTIE
DU DOCUMENT REPRODUIT

PETITE BIBLIOTHÈQUE FRANÇAISE

La *Petite Bibliothèque Française*, ouverte à tous, généraux ou soldats de l'armée des lettres, ne donnera que des œuvres tendant à élever les cœurs et s'adressant toujours à des sentiments élevés.

GUSTAVE TOUDOUZE

UN VOYAGE

DE NOCES

OCCVPA PORTVM

IOV AVST

PARIS

LIBRAIRIE DES BIBLIOPHILES

Rue de Lille, 7

M DCCC LXXXVIII

XII

PETITE BIBLIOTHÈQUE FRANÇAISE

Collection à cinquante centimes

Quelques exemplaires numérotés, sur vergé, 2 fr.; sur japon, 5 fr.

Comme le titre même de cette nouvelle collection l'indique, nous n'y ferons entrer que des œuvres écrites et pensées en *bon français*. C'est dire que tous les genres de Nouvelles y seront admis, pourvu que la forme en soit vraiment littéraire, et le fond scrupuleusement honnête.

Nous avons l'ambition de grouper autour de cette Collection tous les talents, aussi bien ceux qui sont consacrés depuis longtemps par la faveur du public que ceux qui ont eu peu d'occasions de se faire connaître.

EN VENTE

I. *Le Paysan*, par Jean Sigaux.

II. *Mᴵˡᵉ Abeille*, par Ferdinand Fabre.

III. *Une Dot*, par Ernest Legouvé.

IV. *Dans l'Argonne*, par Jules de Glouvet.

V. *Josette*, par André Theuriet.

VI. *La Maison Neuve*, par Georges Price.

VII. *Prêtre et Soldat, Régulus-Gavroche*, par Ch. Buet.

VIII. *La Rue des Trois Belles*, par Albert Cim.

IX. *Colombine*, par Georges de Peyrebrune.

X. *En Kabylie*, par le Vᵗᵉ A. de L'Estoille.

XI. *Une Haine de famille*, par Auguste Lepage.

ŒUVRES DIVERSES DE P. DE MOLÈNES

Publiées en 6 volumes in-18, imprimés sur très beau papier avec fleurons et culs-de-lampe. Le vol. . . . . 4 fr.

Tirage d'amateurs, avec eau-forte d'Armand-Dumarescq : 3 00 pap. de Hollande, à 7 fr. 50 ; 25 chine et 25 whatman, à 15 fr.

I. *Histoires et Récits militaires*. — II. *Voyages et Pensées militaires*. — III. *Mélanges*. — IV. *Aventures du temps passé*. — V. *Commentaires d'un Soldat*. — VI. *Caprices d'un Régulier*.

3465. — Paris, imp. D. Jouaust, rue de Lille, 7.

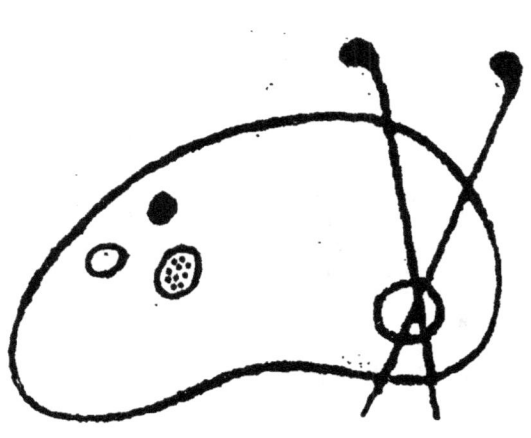

Fin d'une série de documents
en couleur

UN

VOYAGE DE NOCES

A MON AMI FRÉDÉRIC FEBVRE

DE LA COMÉDIE-FRANÇAISE

G. T.

GUSTAVE TOUDOUZE

UN VOYAGE

DE NOCES

PARIS

LIBRAIRIE DES BIBLIOPHILES

Rue de Lille, 7

—

M DCCC LXXXVIII

UN VOYAGE DE NOCES

I

Petite, mais décorée avec un goût exquis, la salle à
manger s'éclaire par une large fenêtre tendue de gui-
pures semblables à de capricieuses fleurs de givre ; au
travers on aperçoit un rèmuement de verdure tendre,
les premières feuilles du parc Monceau, un réveil de
printemps. En face de la cheminée, où une bassine de
cuivre rouge se reflète dans la glace entre quatre bandes de vieille tapisserie cachant la dorure du cadre
banal, un dressoir gothique étale des verreries de Bo-
hême. Contre le panneau qui regarde la fenêtre, en
pleine lumière, une grande armoire normande, vitrée,
laisse voir un curieux mélange de bibelots rares et de
belles étoffes. Au centre, la table carrée, drapée d'une
nappe à festons rouges.

I.

Ils sont là tous deux seuls, en tête-à-tête d'amoureux, le mari et la femme, un vieux ménage déjà, dix ans ce jour même, et toujours aussi unis, aussi jeunes; de ces charmantes natures bien équilibrées, s'harmonisant à ravir, se complétant admirablement, qui arrachent à ceux qui les voient la phrase sincère :

« Un gentil ménage ! »

Des fleurs sur la table, un menu froid tout servi, pas de domestiques aux écoutes, on déjeune, le rire aux lèvres, légers, heureux, ayant faim. On a même oublié bébé, un grand bébé, ma foi ! un gamin de neuf ans, qui est en partie fine chez sa grand'mère. On est seuls, bien seuls, mais pas mélancoliques, certes non !

Blonde, en peignoir crème fanfreluché de dentelles, les bras nus cerclés d'un tas de bracelets turcs qui sonnent à chaque mouvement, elle grignote des radis et lève d'un air provocant son nez mutin, tandis que, plus grave, très appliqué, il étale du beurre sur un croquignon de pain doré.

« Si on mangeait un peu ? fait-elle. Les radis, ça creuse ! »

Elle amène près de son assiette une petite boîte de sardines, la tourne du bout de ses doigts, et jette un cri :

« Ah !

— Qu'as-tu ?

— Regarde !... Lis !... Oh ! c'est trop fort !... et aujourd'hui, encore, si on ne dirait pas que c'est fait exprès... »

Elle déchiffre l'étroite bande de cuivre portant l'adresse du fabricant, l'endroit d'où vient la boîte :

« Le Guilvinec ! »

Il la regarde, amusé, les yeux rieurs, adoucis d'une tendresse chaude, très caresseurs, et répond, jouant l'étonnement :

« Tiens !... tiens !... Le Guilvinec, en effet : quel hasard !... C'est bien cela !...

— Tu te souviens ?... bien vrai ! bien vrai !... »

S'il se souvient ! Mais c'est lui qui a fait venir la fameuse boîte ; il ne le dit pas, jouissant de la surprise de sa femme. Doucement il rapproche sa chaise de la sienne, et son bras gauche enferme la taille du peignoir crème, et ses lèvres vont chercher le cou blanc, qui est si blanc, même au milieu de la neige des dentelles. Quelques instants ils restent ainsi, presque immobiles, des pensées douces plein le cœur, le mirage des souvenirs d'amour plein les yeux, n'osant bouger de peur de rompre le rêve délicieux, tout à cet autrefois qui monte tout à coup du passé, et dont le charme les enveloppe, les retient, les grise.

Comme c'est loin déjà, comme c'est près encore ! Ah ! ce voyage, le voyage de noces, en Bretagne, au fin fond des pays perdus ! Il y a des choses qui vous restent dans leurs moindres détails ; jamais ils n'oublieront. Le Guilvinec surtout, diable de Guilvinec, va !...

II

De fiers voyageurs, M. et Mme Farnès, dix ans au-
paravant, des voyageurs intrépides, infatigables, as-
soiffés de nouveau, et toujours, toujours à la recherche
des endroits peu connus ou même pas connus du
tout. C'étaient des joies d'échappés de collège à chaque trouvaille originale, à chaque pays neuf, encore
vierge des regards des touristes : en Bretagne, à cette
époque, on avait de ces surprises-là.

Leur voyage de noces durait depuis trois mois, sans
qu'ils fussent las ni rassasiés de belle nature. De Cher-
bourg à Brest, pas un coin, pas un bout de côtes ne
leur avait échappé; ils avaient poussé jusqu'à Plou-
néour-Trez, Brignaugan, Kersaint, Lanildut, Le Con-
quet, Camaret, la pointe du Raz, se laissant attirer par
un nom original, par l'excentricité d'une découpure
sur la carte.

La mignonne, partout, ouvrait des yeux !... des
yeux d'un si joli bleu de myosotis, que Henri Farnès
ne pouvait se fatiguer de les lui faire ouvrir plus

grands, encore plus grands pour les mieux clore sous ses baisers, et Charlotte prenait de plus en plus goût à l'expérience.

A Quimper ils eurent bientôt tout vu, le musée, Saint-Corentin, la promenade, l'Odet. Où aller ?

Les voilà, dans leur chambre de l'hôtel de l'Épée, à étudier la carte, leur fameuse carte, pour trouver des villages ignorés, des noms à consonnances séduisantes. Plus c'était bizarre, plus ça les tentait, comme ces fruits exotiques, qu'on mange par curiosité, et qui tantôt vous ravissent par leur saveur étrange, tantôt vous punissent de les avoir goûtés.

Le matin, Charlotte s'était réveillée avec l'idée fixe de manger des sardines, pas des sardines à l'huile, mais des sardines fraîches ; et Henri, devant son désir, avait cédé : en outre il les lui fallait sur place, au bord de la mer.

On cherchait donc ensemble un port, un endroit à sardines, qui ne fût ni Douarnenez, ni Concarneau, ni Lorient : des pays classiques ceux-là, pas leur affaire du tout, à eux les chercheurs d'imprévu.

Tout à coup Henri tomba en arrêt sur un nom presque illisible, vers l'extrémité méridionale de la baie d'Audierne ; avec sa loupe il lut lentement :

« Le Guilvinec.

— Oh ! le joli nom ! fit-elle en battant des mains.

— Pas commun, en effet.

— Est-ce un endroit à sardines ?

— Ah ! voilà ?... »

Consultée sur ce grave sujet, la patronne répondit affirmativement. Elle savait que par là il y avait une friturerie, des barques de pêche; quant au pays par lui-même, elle n'y avait jamais été et ne possédait sur lui aucun renseignement.

C'est généralement ce qui surprend et encolère toujours le Parisien, cette ignorance des gens vis-à-vis des localités plus ou moins avoisinantes des villes qu'ils habitent. Allez donc, en revanche, demander aux Parisiens s'ils connaissent tel ou tel village des environs de Paris, ceux que les étrangers visitent et dont nous ne savons même pas les noms ? Hein ! la nature humaine, drôle de chose tout de même. Ah ! Parisien ! Parisien !

Donc, à Quimper, on ignorait le Guilvinec. On savait tout au plus que cela nichait dans les parages d'Audierne, de Penmarc'h, quelque part par là.

« Trouve-t-on à loger, à manger ?

— Ah ! dame, vous en demandez trop.

— Comment s'y rend-on ?

— Peut-être bien qu'à Pont-l'Abbé vous sauriez mieux.

— Va pour Pont-l'Abbé ; nous laisserons, jusqu'à nouvel ordre, nos bagages ici. »

Il y avait justement un petit omnibus faisant la correspondance et partant de Quimper le soir même, à cinq heures ; les deux jeunes gens s'y installent, et en route pour Pont-l'Abbé, le pays des pittoresques costumes, des coiffes extraordinaires.

De cinq heures à huit heures, ils firent durement les quatre lieues et demie dans cette boîte antique tintamarrant la ferraille, puant la paille mouillée et le rance, l'odieux véhicule dont les derniers échantillons semblent s'être réfugiés en Bretagne, et ils en sortirent tant soit peu meurtris, moulus, contusionnés, pour descendre à l'hôtel des Voyageurs.

Après un dîner passable, une nuit sans trop d'insectes, un coup d'œil rapide à Pont-l'Abbé, le lendemain ils recommencèrent leurs questions :

« Le Guilvinec, vous connaissez ?

— Oh ! que oui, certainement.

— On y mange, on y habite ?

— Ma Doué ! les gens y vivent.

— Bah ! le meilleur moyen de savoir, c'est encore d'y aller », dit Henri en riant à sa femme, et ils convinrent de partir immédiatement.

Le jeune homme se mit en quête d'une voiture ; il n'y en avait qu'une dans le pays, le char à bancs du boucher : par malechance, un étranger venait de le louer, le retenant pour lui tout seul. Charlotte faisait la moue : un gourmand, un accapareur, ce touriste inconnu, un Anglais pour sûr ! Henri, désolé, complotait de séduire le boucher, de lui acheter, au besoin, son véhicule. Enfin il se résigna, à contre-cœur, à essayer d'entrer en accommodement avec le voyageur.

On lui indiqua un grand gaillard brun, en train de
solder sa note, au bureau de l'hôtel; Henri Farnés
s'avança, maussade, et l'abordant, demanda :

« Monsieur ?... on m'a dit que... »

L'autre se retourna, deux cris :

« Henri !

— Jacques !

— Toi ici ?

— Et toi ? »

Un camarade de collège, un architecte. On s'expli-
qua; Jacques Delor voulait céder le char à bancs,
l'autre refusa. Pas du tout, on ferait le voyage à trois,
ce serait bien plus amusant, d'autant qu'on ne savait
pas où on allait, un trou que personne ne connaissait.

« J'accepte ! conclut Delor. Tu me connais, je sais
me remuer, je suis débrouillard : s'il y a des difficultés,
tu verras. »

Charlotte fut enchantée. Le tête-à-tête était exquis,
même au bout de trois mois; mais, bah ! cela ferait
diversion et on le trouverait meilleur encore, après.
Puis l'ami Jacques semblait si gai, si bon enfant, si
grand enfant surtout : on allait s'entendre à merveille.

Quel voyage dans cette carriole sautelante, nullement rembourrée, conduite à sifflantes volées de coups
de fouet, sous lesquelles s'ébrouait un drôle de petit
cheval poilu à crinière ébouriffée, cabrioleur comme
une chèvre, et que son maître ne retenait jamais ! On
chanta tout le temps. Jacques Delor connaissait toutes

les complaintes, toutes les scies d'atelier, tous les grands airs d'opéra, toutes les musiqueries d'opérettes : il en abreuva les landes bretonnes.

« Mais vous serez enroué en arrivant, arrêtez-vous ! s'exclamait la jeune femme, riant aux larmes, à quelque cocasserie nouvelle entonnée à tue-tête par le joyeux garçon.

— Laissez, laissez, Madame; c'est nécessaire à ma santé. Demandez plutôt à Henri. »

De fait, cela semblait faire partie de son être, de sa vie, ce débordement musical, cette intempérance de chant. On y sentait une sincère exubérance de jeunesse, de gaieté, de santé, si puissante qu'elle vous gagnait peu à peu.

Tous trois chantaient, quand, devant eux, ils aperçurent, assez loin, la mer, une côte plate, quelques bouts de roches, une dizaine de maisons, cahutes de pêcheurs, un mince pays, l'aspect peu pittoresque et misérable.

« Comment nommez-vous cela ? demanda Henri au conducteur, un petit homme trapu, le cou dans les épaules, le grand feutre cachant la tignasse noire.

— Le Guilvinec. »

Les voyageurs firent ensemble un bond de stupéfaction et s'entre-regardèrent, saisis :

« Hein ! ça ?... Mais... ce n'est pas habitable !...

— J'sais pas, moi, j'y suis jamais descendu.

— Alors, où nous conduisez-vous ?

— Où vous voudrez. Y a Queradennec...

— Qui ça, Queradennec ?

— Çui qui donne à boire et l'avoine.

— Une auberge, tout est sauvé !

— Une auberge ! une auberge ! grommela Jacques... C'est pas bien sûr ; tous les Bretons donnent à boire : ce n'est pas une raison. »

Ils s'arrêtèrent devant une maison à un étage, un peu mieux construite que les autres ; au-dessus de la porte, on voyait la touffe de genêt caractéristique, indiquant le débit de boisson. Le conducteur, une fois payé, repartit aussitôt.

« Comment ! il nous quitte ? demanda Charlotte, inquiète de ce départ précipité.

— Il ne pouvait faire qu'aller et revenir ; pensez, Madame, c'est le seul boucher de Pont-l'Abbé. Du reste, nous n'avons pas besoin de lui ; il doit revenir demain matin seulement.

— Et si on ne peut nous recevoir ; on dirait qu'il n'y a personne dans cette maison.

— Bah ! bah ! on s'arrangera toujours ; ne craignez rien.

— Moi, d'abord, je meurs de faim ; je déjeunerais volontiers, commença Henri.

— Eh bien ! n'ayez pas peur, on va déjeuner, et gentiment, je m'en charge ; vous allez voir. »

Pénétrant dans la maison le premier, il invita ses compagnons à le suivre, et, après les avoir fait asseoir

dans la salle garnie de grosses tables pleines et de ta-
bourets de paille, cria rudement :

« Holà ! oh ! patron ! patron ! Queradennec !... »

III

Un bonhomme parut, moitié pêcheur, moitié paysan, une figure hâlée, boucanée par le vent de la mer, une peau d'un rouge de cuivre sale, rasée de plusieurs jours, toute hérissée d'une plantation de poils gris, raides comme les chaumes d'un champ moissonné.

« Oh! il a l'air méchant! » balbutia Charlotte, à l'aspect de cette sorte d'ours.

Il baragouina quelques mots, d'un accent très dur, la mine grimaçante, en portant la main à son béret de laine brune.

« Diable! est-ce qu'il ne parle pas français? c'est que j'ai oublié d'apprendre le bas-breton avant de venir ici!... »

Jacques Delor sua, souffla, roula les yeux; impossible d'arracher au brave homme une syllabe intelligible. De temps en temps, quand son interlocuteur prononçait son nom de Queradennec, il faisait :

« Ya! ya! »

C'était tout, ce *ya* gaélique, plus rocailleux encore que le *ya* germain.

« Ça veut dire oui, voilà tout ce que je sais ! murmura Jacques très déconfit.

— Hé ! hé ! ce sera bien insuffisant pour nous faire servir, répondit Farnès.

— Oh ! moi, on me comprendra toujours, reprit Delor d'un air entendu.

— Bon, je connais ça ! se dit Henri, narquois, et se tournant vers sa femme, qui reprenait un peu confiance, il lui souffla à mi-voix : Je crois que nous allons rire !... »

L'architecte, les sourcils froncés dans une forte contention d'esprit, se plante devant l'aubergiste, visage contre visage, pour ainsi dire, et commence, articulant chaque syllabe comme s'il la mâchait :

« O-me-let-te ! »

Il regarde fixement l'homme ; celui-ci, impassible, soutient son regard.

« Hein ! tu vois ! lance Jacques à Farnès. Il comprend déjà ; comme il écoute ! Le tout, c'est de s'exprimer clairement, il n'y a que ça ! »

Il a empoigné l'hôte par un bouton de sa veste, et le voilà parti, avec des mines, des roulements de prunelles, des exclamations, une mimique du diable :

« O-me-let-te !... d'abord, naturellement ; il n'y a pas de bon déjeuner sans cela. Omelette au lard !.., Au-lard !... hé ? Ça y est ?... Vous voyez cela d'ici !...

2.

pas aux fines herbes, surtout, au lard !... Au lard, parce
que nous avons faim, très faim !... »

Les mains s'arrondissent, gesticulent, travaillent devant Queradennec attentif.

« Après cela... voyons un peu ! .. Après cela, sardines, cela va sans dire, au Guilvinec, des sardines
frites... sar-di-nes !... Et puis, et puis ?... »

Il se caresse la barbe, tapote son front :

« Ah !... Côtelette !... cô-te-let-te !... Bonne côtelette de mouton aux pommes de terre, comme de
juste !... Beaucoup de pommes de terre, gentiment
arrangées !... Fameux, la pomme de terre !... Compris, hé ? Tu es un brave !... Va, on te récompen-
sera !... »

Le Breton ne bronche pas, suivant de l'œil tous les
gestes, la bouche demi-béante, la tête un peu en
arrière, ses longs cheveux dans le cou, tandis que
Delor tantôt détache chaque syllabe, tantôt parle
comme à un restaurateur parisien, très satisfait de lui,
de son succès.

« Enfin, du dessert... Des-sert !... Oh ! presque
rien... un fruit pour Madame. — Il montre Charlotte.
— Pour nous, du fromage... fro-ma-ge !... Maintenant
le café... ah ! café fort, vrai café, sans chicorée, j'ai
horreur de cela ! Ca-fé !... pas-chi-co-rée !...

— Mais tu lui parles nègre, à ce malheureux, inter-
rompt Henri.

— La langue universelle, mon bon. »

L'aubergiste est là, les yeux ronds, sans voix.

« Il n'a pas compris un seul mot, continue Farnès.

— Tu crois ?... J'ai pourtant admirablement arti-
culé, mon cher, une prononciation du Conservatoire :
on ne ferait pas mieux à la Comédie-Française.

— A cet égard-là, parfait ; j'ai très bien saisi, moi,
mais pas lui. Le Conservatoire, les Français !... ce n'est
pas pour les Bas-Bretons, mon pauvre ami !...

— Tu doutes !... Tu vas voir, cette fois ! » riposte
Jacques, piqué au vif.

Il se rapproche de nouveau du vieux, le fixe comme
s'il voulait le magnétiser, et jette d'une voix tonnante :

« Omelette ! »

Puis il fait le geste de casser des œufs, de les battre,
de faire sauter le mélange dans la poêle, imite avec ses
lèvres serrées le tchi... tchi... tchi... des lardons risso-
lant sur le feu et hume imaginairement le résultat, en
ajoutant :

« Bon ça !... Bon !... »

Plus animé, intéressé, Queradennec l'examine avec
un visible plaisir et reproduit machinalement avec ses
mains, avec sa figure, les mouvements de Delor,
comme les enfants, au théâtre, copient sans s'en rendre
compte les grimaces des acteurs qui jouent sur la
scène.

Jacques continue, dessine du bout du doigt une
côtelette sur un coin de la table, et, le nez en avant,
le cou tendu, les paupières baissées, psalmodie :

« Bée !... bée !... bée !... »

Cette fois le patron sourit.

« Ah ! ah ! il comprend, le gaillard ; nous allons avoir notre affaire ! »

Il poursuit en imitant le poisson glissant dans l'eau, en représentant tant bien que mal une sardine pêchée et grillée ; puis il moud un café supposé, le filtre, le goûte, le sucre : une pantomime complète.

La représentation terminée, l'aubergiste reprend son mutisme et son immobilité. Jacques, furieux, l'interpelle :

« Ah ! çà, espèce d'oursin, est-ce que tu crois que je te joue les guignols pour mon plaisir ?...

— Dame ! explique Henri, si je ne savais pas d'avance ce que tu veux dire, je crois que je ne te comprendrais pas plus que lui : les gestes, c'est gentil !... Encore faut-il les traduire, les souligner de quelques mots ?...

— Il vous croit fou, tout bonnement ! remarque Charlotte, qui a grand'peine à garder son sérieux.

— Attendez un peu ! reprend Delor. S'il ne comprend pas cette fois, c'est que je lui accorde encore trop d'intelligence en le comparant à ces oursins dont il a les piquants, et... ma foi !... j'y renonce ! na !

— Que vas-tu faire ?

— Regarde. »

Il va dans la cour, ramasse de la paille, la rapporte dans la salle, s'accroupit dessus avec des cocoricos désespérés, comme s'il pondait, bat des ailes, et termine en recommençant la scène de l'omelette.

Queradennec se frappe le front, pousse un cri guttural et disparaît.

« Ça y est, pas malheureux ! gouaille Jacques, ruisselant de sueur, mais triomphant. — Vous pouvez vous mettre à table... »

Le patron rentre, tend à Delor une énorme clé rouillée et lui indique, au fond de la cour, une petite porte basse.

Henri tombe sur une chaise, en se tenant les côtes ; Charlotte se retourne, ne pouvant plus se contenir ; Jacques lui-même ne résiste pas à la contagion, et c'est, pendant quelques instants, un rire convulsif, frénétique, à faire jaillir les larmes, pendant que seul le bonhomme reste insensible, ahuri.

L'accès calmé, la jeune femme se dirige tranquillement vers la cuisine, choisit à droite, à gauche, les ustensiles nécessaires, va au poulailler, rapporte des œufs, montre les volailles, indique les sardines, un homard, et obtient enfin le déjeuner désiré.

« Nous aurions dû commencer par là ! » remarque philosophiquement Farnès.

Rassasiés, ils se mirent à explorer ce pays si désiré, ce Guilvinec au nom harmonieux. Hélas ! ce fut vite fait : une côte plate, sablonneuse, s'étendant à droite et à gauche à perte de vue, sans autres accidents de terrain que, çà et là, quelques blocs noirâtres dépas-

sant la grève blanche, monotone. Cela sentait le dé-
sert, la désolation, la fin du monde, sans rien de
grandiose.

A chaque instant, Charlotte, Henri et Jacques, dés-
appointés, faisaient :

« Nous avons vu mieux que ça, et plus sauvage, et
plus beau !... Bien la peine de venir échouer ici !... »

Peut-être Penmarc'h les eût-il dédommagés ; ils
avaient entendu parler de roches terribles, du Saut-
du-Moine, de vagues farouches assiégeant le granit
déchiqueté. Ils manquèrent de confiance, et puis la
mer était comme une nappe d'huile, et Penmarc'h
trop éloigné pour pouvoir pousser jusque-là. Ils restè-
rent enlizés dans les sables du Guilvinec, attendant le
soir avec impatience.

La journée fut longue dans cette atmosphère de dé-
ception. Ils dînèrent tant bien que mal, plutôt mal,
en ce coin perdu, où pas un habitant ne parlait français et où on les regarda comme les sauvages de l'O-
céanie regardent les naufragés échoués sur leurs îlots
de corail. Charlotte en avait le frisson, et elle eût
bien voulu regagner Pont-l'Abbé le soir même ; mais
la carriole du boucher ne revenait que le lendemain
matin, il fallait se résigner et passer la nuit au Guilvinec.

Vers neuf heures et demie, après avoir traîné le
dîner le plus possible, ils demandèrent leur chambre.
Queradennec fit signe que le jeune ménage devait

monter à l'étage supérieur, et que Jacques Delor serait logé en bas.

« Diable ! On nous sépare, dit Henri, bas à son ami.

— Que crains-tu ?... nous sommes en pays de confiance.

— Heu ! heu ! fameusement isolés tout de même ! J'aurais préféré t'avoir moins loin de nous.

— Allons donc ! Les Bretons sont braves gens, malgré leur mine un peu barbare.

— Tu crois ?...

— Absolument sûr, mon vieux !

— Bonsoir et bonne nuit. »

Ils se séparèrent ; Charlotte éprouvait quelque émotion en gravissant l'escalier derrière Queradennec dont les épaules énormes s'étalaient devant eux. Au premier il poussa une porte, l'unique porte du palier, leur laissa une chandelle neuve dans un gros chandelier de fer, et s'éloigna après avoir amicalement secoué sa grosse tête à plusieurs reprises.

« Il n'a pas l'air trop méchant !... » soupira la jeune femme, rectifiant sa première impression.

IV

Dans le fond de la pièce, très grande, entre le mur et la cheminée, on apercevait le lit drapé de rideaux blancs, qu'un anneau de noyer verni ramassait en gros plis au plafond.

« Ça semble gentil, remarqua Charlotte, d'une voix qui demandait à être rassurée.

— Au moins nous aurons de l'air, il y a de la place. »

Ils commencèrent l'inspection minutieuse de la chambre, du plafond formé de solives apparentes, au plancher de bois blanc mal raboté. Sur la cheminée des daguerréotypes passés, indéchiffrables, un Breton et une Bretonne en coquillages, un vaisseau avec tous ses agrès, sous un globe, des coraux, des madrépores. Aux murs des lithographies barbares, barbouillées de couleurs crues.

« Il faut se coucher pour se lever demain de bonne heure ! » observa Henri, et il alla examiner si la porte fermait bien.

« Bigre, s'exclama-t-il. Un loquet, ni serrure ni verrous !

— Hein ! tu as peur ! fit la jeune femme craintive de la crainte lue dans les yeux de son mari.

— Oh ! pas du tout ! Cela même prouve leur confiance. »

Il n'en pensait pas un mot, subissant malgré lui l'influence de la nuit, de l'isolement, de la région inconnue, rongé d'une terreur vague, irrésistible, car il ajouta :

« Si je traînais la commode devant la porte ?...

— Oh ! ce pauvre homme, ne fais pas cela ! »

Elle était si gentille en disant ces mots qu'il eut honte de ce moment de faiblesse, oublia tout pour courir à elle, et l'appuyant tendrement contre sa poitrine :

« Ma chère, chère petite chérie aimée !... »

Bah ! advienne que pourra ! Il s'abandonnait au hasard des choses, à la douceur de l'instant.

Quelques minutes plus tard, ils étaient couchés, la chandelle soufflée, et, engourdis mollement dans la tiède moiteur des matelas de plume où ils enfonçaient, écoutaient vaguement les bruits rares de la maison.

« On est bien couché, pas, chéri ?...

— Oui, oui, ma mignonne, vraiment pas mal ! »

Le silence devint complet, absolu, un de ces silences de plomb qui pèsent sur les êtres et sur les objets dans l'enveloppant mutisme de la campagne ; seul le roule-

3

ment sourd et mélancolique de la mer berçait la nuit.
Dans la chambre, ténèbres opaques, aveugles ; les vo-
lets pleins de la fenêtre fermant hermétiquement.

Ils allaient s'endormir, envahis peu à peu par la
torpeur lourde de tout ce qui les entourait : au dehors,
au bas de l'escalier, une marche craqua. Henri fit un
mouvement.

« Tu as entendu ? » interrogea Charlotte.

Il ne répondit pas, retenant son souffle ; les craque-
ments recommencèrent, espacés, comme contenus :
on eût dit des pas qu'on essayait de rendre moins pe-
sants. Le jeune homme ne pouvait nier, il dit :

« Bah ! ces vieilles maisons, ça a des tas de bruits !...
Peut-être le patron qui va se coucher.

— Ah !...

— Je t'assure, il me l'a dit. »

Une bête de réponse, celle-là, et inopportune, et
maladroite ! Il mentait impudemment, et la jeune
femme, dans son désir de tranquillité, dans son amol-
lissement de demi-sommeil, ne releva même point ce
mensonge, si visible, puisqu'elle savait que son mari
n'avait pu causer avec Queradennec.

Le silence revenait ; puis une sorte de plainte courut,
très étouffée, amortie par des épaisseurs molles, cloi-
sons ou étoffes, on ne savait trop.

« Serait-ce ton ami ? Il est malade, hein ?...

— Jacques, malade !... Ah ! tu ne le connais pas :
il est solide comme une falaise bretonne... un roc !...

« — Mais cette plainte?...

— Rien du tout, le vent dans les couloirs, un oiseau de mer!... des machines de la campagne!...

— Bien sûr?... »

Comme la petite femme frissonnante se serrait contre son mari! C'était véritablement effrayant, cet abandon, en ce pays ignoré, perdu à l'extrémité de la Bretagne, au milieu de gens qui ne parlaient pas français et qui avaient l'air si farouche, si dur! Dame! on les avait assez regardés de travers à leur arrivée. Malgré son courage, malgré son mari, elle commençait à avoir très peur, regrettant cette fantaisie, ce voyage à l'aventure.

Henri songeait :

« Tout de même, si on voulait nous voler, nous tuer, se débarrasser de nous, qui est-ce qui le saurait?... »

Ce n'était pas drôle ces pensées sinistres qui l'assaillaient sans qu'il pût leur échapper, s'en débarrasser ; plus il s'efforçait de penser à autre chose, plus elles revenaient, sombres, harcelantes, dissolvant son énergie, effondrant ses raisonnements.

D'autres marchés craquèrent, les unes après les autres ; on montait, il n'y avait plus à en douter! Après, ce furent les planches du palier, et là, un nouveau temps d'arrêt, lugubre celui-là, l'escalier ne conduisant pas ailleurs! On se concertait avant d'entrer, on débattait une dernière fois leur sort! .

Henri entendait battre son cœur à gros floc-floc contre les parois de sa poitrine ; ses tempes sifflaient gorgées de sang, et sur son épaule courait le souffle plus oppressé, plus dur, de la pauvre Charlotte, dont il devinait l'effroi intense, dont la gorge sautait, sautait follement.

Sa canne de voyage est dans le coin tout près du lit ; c'est une précaution suprême qu'il a prise avant de se coucher ; il n'a que le bras à étendre pour la saisir, cela le rassure un peu : au moins on ne le surprendra pas. Elle est très lourde, cette canne, sérieusement plombée, une vraie massue. Oh ! il vendra chèrement sa vie !... leurs vies !... Malgré son angoisse il ressent quelque orgueil à cette pensée de défendre sa femme, de faire preuve de virilité, de courage, sous ses yeux.

Crac !... Crrrrrr... ac !... Le loquet se soulève, la porte remue, s'ébranle, s'entr'ouvre : une lueur paraît.

C'est le moment ! Il va se lever, bondir, armé de son gourdin, assommer le bandit sans lui laisser le temps de se reconnaître : son affaire est toute combinée. Une main crispée le retient, un bégaiement :

« Ne bouge pas !... Ne bouge pas !... J'ai peur, peur !... »

Cela le paralyse ; il reste immobile sur le dos, retenant sa respiration. Bah ! il sera toujours temps, l'autre les croit endormis. Il est au moins onze heures, on a attendu pour les attaquer durant leur premier sommeil, le plus accablant : un malin, ce Queradennec !

Par l'entre-bâillement un filet lumineux glisse ; la porte s'ouvre davantage, doucement, doucement, sans faire crier ses gonds.

« Huilés d'avance !... se dit Henri. Il a pris toutes ses précautions, le sauvage !... »

Une sinistre figure s'avance, rougie en dessous par les reflets de la lumière. Brrrou ! le vilain oiseau de nuit, le laid visage, avec sa large bouche entr'ouverte, ses yeux féroces tapis dans la broussaille des sourcils, ses longues mèches grises éparses sur les épaules ! La main gauche porte une lanterne, l'autre tient des sabots.

C'est Queradennec ; il entre à petits pas, pieds nus, sans se hâter, évitant les planches qui craquent trop, poussant à petits coups le battant qui cède. Bientôt tout le corps a passé, il est là entier, monstrueux, riant à demi d'un atroce sourire.

Charlotte a fermé les yeux, la tête enfoncée dans l'oreiller, préférant ne rien voir ; Henri, très prudent, observe entre ses paupières mi-closes, feignant le sommeil.

Au bout du poing énorme la lanterne se balance, dirigée vers lui, probablement pour s'assurer qu'il dort, et il voit l'aubergiste se retourner une seconde, jetant derrière la porte deux mots brefs qu'il ne comprend pas, à quelqu'un qu'on n'aperçoit pas encore.

3.

« Ah ! ah ! il n'est pas seul, ce sera dur !... pourvu
que ce pauvre Jacques ?... »

Il se souvient en frissonnant de la plainte montée
jusqu'à eux : Jacques, ah ! il le vengera...

L'homme a fini d'entrer ; derrière lui une femme,
une lanterne à la main gauche, ses sabots de l'autre,
une vieille, sa femme, sa complice sans doute. Ils mar-
chent grotesques et effrayants ; l'horrible couple !
Henri se rappelle avoir lu des histoires semblables, où
figuraient des auberges à guet-apens, des repaires san-
glants ; toute sa chair a froid, de la nuque au talon.
Est-ce bien le moment ? Doit-il sauter du lit, se ruer
sur les misérables ?

Mais voilà qu'ils longent le mur dans lequel s'ouvre
la porte, regardant devant eux, n'ayant pas un coup
d'œil pour le lit drapé de blanc, et fixant obstinément
un point de la muraille à laquelle est accotée la cou-
chette.

Hé ! les vêtements, parbleu ! C'est bien cela, ils
viennent fouiller les poches ; peut-être n'en veulent-
ils qu'aux bijoux, aux porte-monnaie.

Ils vont, ils vont ; derrière la vieille, un autre
homme, un jeune celui-là, une face de lune, ronde et
joviale, une peau flambée de soleil et d'alcool.

« Encore ! » fait Farnés, effaré.

Même tenue, même lanterne, mêmes sabots. Un
autre ; puis un autre, d'autres toujours, des femmes,
des garçons, des jeunes filles, des enfants, par rang de

taille, un troupeau d'êtres bizarres, fantastiques, balançant des lanternes et des sabots, se suivant à la file. Graves, levant les pieds, retenant leur souffle, sans détourner la tête, ils passent.

Une clé grince dans une serrure, là, tout près du pied du lit, et la bande s'engouffre.

Henri a ouvert ses yeux tout grands, et il comprend enfin ; le rire le gagne, détendant ses nerfs :

« Ma chérie, Charlotte, regarde, je t'en prie !... Oh! oh! oh!... les bonnes têtes !... Et nous qui... oh! oh! oh !... »

Elle se décide, la mignonne, et reste ébahie devant l'amusant spectacle, un théâtre de Séraphin grand comme nature, un désopilant défilé, où chaque personnage, véritable ombre chinoise, découpé à l'emporte-pièce par les lanternes, plaque sur le mur blanc sa silhouette géante, son comique et vivant profil, avant de disparaître derrière les rideaux blancs.

C'est tout bonnement la maisonnée Queradennec qui va se coucher, sa journée finie. La grande pièce où ils doivent reposer n'ayant pas d'autre issue que la chambre des patrons, et cette chambre, la seule convenable, ayant été donnée aux voyageurs, ils ont été forcés de la traverser pour aller chercher cette porte fermée à clé, dont Henri et Charlotte ne s'étaient nullement préoccupés, la prenant pour une porte de placard. Tout s'expliquait.

Il en passe, il en passe, dix, douze, on ne sait.

« Tout le pays, peut-être? » remarque Henri.

Le dernier disparu, la porte close, le silence renaît, mais un double rire éclate et se prolonge sous les rideaux.

« Avons-nous été bêtes, mignonne?

— Pauvres gens, les avoir pris pour des bandits, des assassins!... Quand on pense que nous avons failli mettre la commode devant la porte?...

— Ah! bien! ça aurait été gentil! Quel vacarme, alors!...

— Bonsoir, Monsieur!

— Bonsoir, Madame!... »

On va donc dormir, se reposer enfin sérieusement, sans soucis. Ils allongent entre les draps de grosse toile leurs membres las, et déjà l'engourdissement délicieux qui précède le sommeil les saisit, les enveloppe de sa caresse exquise, cette caresse dans laquelle le corps, l'esprit fondent comme en du néant.

Ils ne se réveillèrent qu'au petit jour, tout à fait remis de leur grosse frayeur, tranquillisés sur la sécurité de ce Guilvinec où l'on dormait sans serrures ni verrous aux portes.

Leur premier soin fut d'aller retrouver leur compagnon de voyage : qu'était-il devenu? Avait-il eu une nuit aussi agitée que la leur? Ils le cherchèrent en vain dans les différentes pièces du bas : personne.

« Bah! s'écria Farnès. Il aura été faire ses adieux au pays; imitons-le. »

Sur la grève blanche une solitude complète, rien que des bandes de mouettes posées en groupe ou se laissant bercer par la vague; pas d'autre bruit que le ronflement régulier de l'Océan. Dans le pays tout dort encore.

Brusquement, au delà d'un rocher, une forme s'agita, deux bras se dressèrent, enfilant les manches d'une chemise.

« Jacques ?... appela Farnès.

— Hein ! » fit une voix dolente.

La tête de Delor émergea du col entre-bâillé de la chemise.

« Bonne idée ! Tu as pris un bain, toi ! Fichtre, tu es matinal.

— Oh ! mes amis, mes amis, quelle nuit !...

— Comment, toi aussi !... Raconte-nous cela, bien vite.

— Deux minutes, je suis à vous. »

Achevant rapidement sa toilette, il sortit de derrière son rocher et vint serrer la main de son camarade.

« Qu'y a-t-il, bon Dieu ! Tu as une mine de déterré ? interrogea celui-ci.

— De dévoré plutôt, littéralement dévoré, mangé vivant ! Je ne suis qu'une ampoule, qu'une plaie de la tête aux pieds, et la mer tout entière n'aurait pas assez de sel pour cautériser mes blessures. »

Ce fut un échange de confidences tragi-comiques;

après avoir écouté avec attention l'histoire de la pro-
cession nocturne et avoir souri mélancoliquement, il
avait entamé son récit.

Une fois ses amis conduits au premier étage, il s'é-
tait vu mener par Queradennec vers une sorte d'armoire, très pittoresque, ma foi ! confinant à la salle à
manger, un trou sans air, sans lumière, dans lequel
gisait une paillasse suspecte couverte de toile à voile.
Il s'était introduit là dedans avec une méfiance vague,
bien naturelle, un recul instinctif de toute sa chair,
de tout son être secrètement révolté. Ah ! s'il avait
su !...

Il n'y avait pas une demi-heure qu'il se trouvait là,
dans l'obscurité, au fond de son armoire, qu'il s'était
soulevé, inquiet, agité, murmurant :

« Qu'est-ce que je sens ? »

Il se tourna, se retourna, tapant son oreiller, lan-
çant une jambe de-ci, une jambe de-là, avec une sen-
sation de fourmillement aux pieds :

« Sans doute, la fatigue, le sang ! » se dit-il.

Légers, légers, des chatouillements courent çà et
là, rapides, zigzaguant, puis des coups d'aiguillon, des
démangeaisons, rares d'abord, nombreuses ensuite,
plus nombreuses : cela devient intolérable. Il saute à
bas du lit, frotte une allumette.

La chandelle jette sa lueur fumeuse; dans l'escalier commence la montée de Queradennec et des
siens regagnant leur chambre; au dehors rien, pas un

bruit. Il écarte avec précaution le drap et reste stupé-
fait, anéanti.

C'est une invasion, un nuage vivant, les draps sont
mouchetés de centaines de points remuants, sautil-
lants, qui s'élèvent et s'abaissent sans arrêter : la lé-
gion tout entière des puces bretonnes prend ses ébats
dans ce lit antique.

« Diable ! diable !... Elles sont vraiment trop ! gémit
le malheureux garçon, et il pousse un vrai cri de dés-
espoir.

— La plainte qui nous a tant épouvantés ! observa
Henri Farnès, à cet endroit du récit de son ami.

— Il y avait de quoi, va ! moi qui tombais de sommeil !... »

Il continue. D'abord il essaya de lutter, de repousser
les assiégeants, envoyant promener au loin, à travers
la pièce, oreillers, couvertures, traversin, tout ce qui
pouvait abriter les buveurs de sang, leur servir de ta-
nière, d'embuscade, de redoute. Une fois le terrain
net, il rentra courageusement entre ses draps, avec
la ferme volonté de résister par l'inertie, de dormir
quand même.

Baste ! la lumière éteinte, la sarabande recommence,
plus enragée. Il se roule, tape des pieds, des poings,
jure, tempête, les piqûres pleuvent sans arrêter. Trois
fois il balaye les draps, refait le lit, trois fois ses impla-
cables ennemies l'en chassent ! C'est à devenir fou.

Alors, il avait battu en retraite, honteusement, résigné à terminer sa nuit sur une chaise, en comptant mélancoliquement les heures.

A la première lueur de l'aube, il avait couru droit à la plage, n'ayant qu'une hâte, calmer dans l'eau la cuisson des coups d'aiguille dont il était lardé; ses mains, sa figure même, en portaient la trace.

« Oh! ce Guilvinec, je m'en souviendrai longtemps! assura-t-il en terminant.

— Y restons-nous? » demanda malicieusement Charlotte.

A six heures l'arrivée du char à bancs du boucher de Pont-l'Abbé fut accueillie par eux comme la voile lointaine par les naufragés oubliés sur une roche aride au milieu de la mer. Ah! les pays inconnus, les petits coins ignorés, ils en furent dégoûtés pour quelque temps!

Imp. D. Jouaust, rue de Lille, 7.

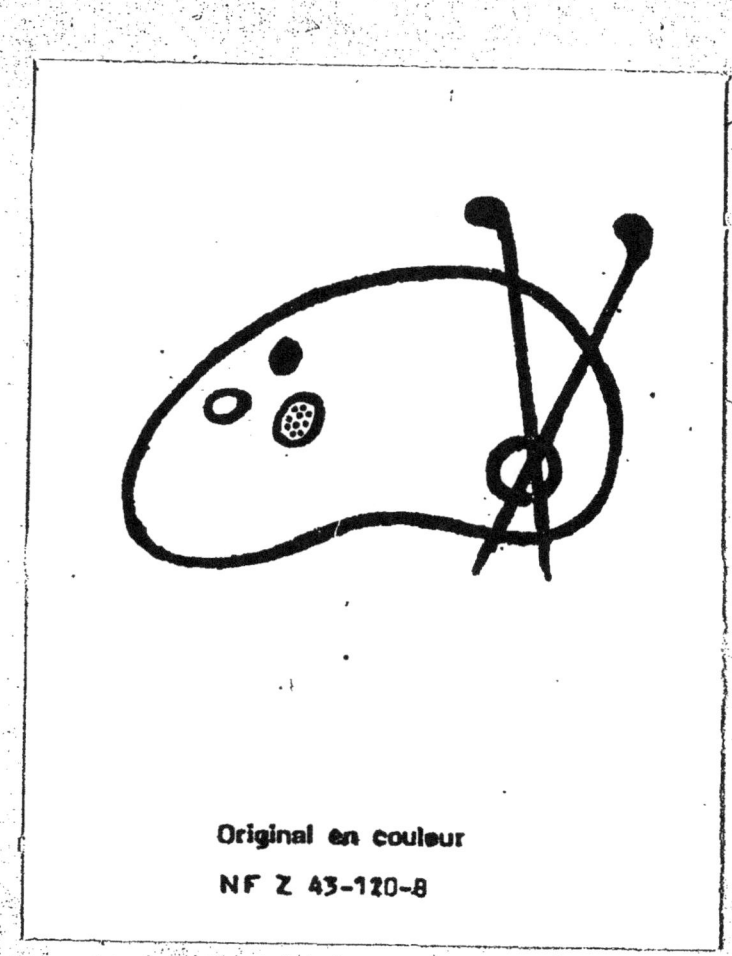

Original en couleur

NF Z 43-120-B

www.ingramcontent.com/pod-product-compliance
Lightning Source LLC
Chambersburg PA
CBHW060855180626
46818CB00004B/1715